흔들리지 않고 피는 꽃이 어디 있으랴

흔들리지 않고
피는 꽃이 어디 있으랴

도종환 시화선집

도종환 시
|
송필용 그림

RHK
알에이치코리아

개정판

시인의 말

시는 내 오랜 운명

뒤뜰에 앵두꽃이 화사하게 피었습니다. 그동안 앵두나무는 자두나무꽃 사이에서 일곱 살짜리 여자애처럼 앉아있었는데 올해는 키가 부쩍 컸습니다. 꽃숭어리도 자두꽃에 비해 작지 않고 빛깔도 고우며 꽃마다 반짝반짝 빛이 납니다.

나는 내 시가 저 앵두꽃, 자두꽃, 산벚꽃, 제비꽃 같기를 바랍니다. 크고 화려한 꽃이 아니라 작고 소박하고 은은한 꽃이기를 바랍니다. 사월에 돋아나는 새순의 연둣빛이기를 소망합니다. 산골짝에 피어있거나 변두리에 피어있어도 그것 때문에 주눅 들지 않고 그저 아름답게 피었다 가는 꽃이기를 바랍니다.

목마른 이에게 건네는 맑은 물 한 잔이기를 바랍니다. 상처받은 이들에게 격려의 악수가 되기를 바랍니다. 누군가를 기다리고 있는 이에게 다가가는 한 장의 엽서이기를 바랍니다. 머리로 이해하기보다는 가슴으로 다가가는 시가 되기를 바랍니다. 지친 이 옆에 놓여있는 빈 의자가 된다면 더 바랄 게 없겠습니다.

내 시가 여러분에게는 위로의 언어이기를 바라고, 내게는 깨달음에 이르는 길이기를 소원합니다. 법정스님은 깨달음에 이르는 길에는 두 가지가 있다고 하셨습니다. 하나는 지혜의 길이요, 하나는 자비의 길이라 하셨습니다. 전자는 자신을 속속들이 지켜보면서 삶을 선하게 바꾸고 심화시켜가는 길이고 후자는 사랑을 실천하는 길이라고 하십니다. 말하자면 앞의 길은 해인의 길이고 뒤의 길은 화엄의 길입니다. 나는 내 시가 지혜의 길을 갈 때도 유일한 도반이기를 바라고, 사랑을 실천하는 길을 갈 때도 오랜 도반이기를 바랍니다. 시인에게는 시도 결국 깨달음에 이르는 방편이기 때문입니다.

나는 운명이라는 말 앞에 경건해지곤 합니다. 인생이라는 말 앞에 숙연해지곤 합니다. 시를 쓰는 일이 운명을 사랑하는 일이기를 바랍니다. 시를 통해 내 인생을 진지하게 통과하게 되기를 바랍니다. 시란 인생을 어떻게 살아야 할 것인가에 대한 질문이기 때문입니다. 시는 이미 내 오랜 운명입니다.
그러나 내 시가 너무 무겁지 않기를 바랍니다. 너무 고통스러운 언어가 되지 않기를 바랍니다. 암호이기는 더더욱 반대합니다. 편안하기를 바랍니다. 할 수 있다면 고요하기를 바랍니다. 매화처럼 희고 고요하고 아름답기를 바랍니다.

2014년 앵두꽃 자두꽃 피어 화사한 봄날

도종환

아직도 만나지 못한 한 편의 시

저녁나절 내린 비에 목소리도 씻었는지 풀벌레들이 더 맑은 소리로 웁니다. 이렇게 느닷없이 다가와 한차례씩 퍼붓고 가는 비를 배롱나무꽃은 꼼짝 못하고 다 맞았습니다.

가장 뜨거운 시간이 지나간 뒤에 더는 참을 수 없어 쏟아지는 빗줄기처럼 시는 제게 그렇게 다가왔습니다. 시가 빗줄기처럼 쏟아져 저를 때리면 저도 그 비를 다 맞았습니다. 치열하지 않으면 시가 아니라고 생각했습니다. 절절하지 않으면, 가슴을 후벼 파는 것이 아니면, 울컥 치솟는 것이 아니면 시가 아니라고 생각했습니다. 내 가장 뜨거운 순간이 담겨있지 않으면, 간절한 사랑과 아픈 소망이 아니면 시가 아니라고 생각했습니다.

그렇게 30년 가까이 시를 썼습니다. 그래서 제 시에는 빗줄기처럼 쏟아지는 이야기들이 들어 있습니다. 골짜기 물처럼 말들이 넘쳐흐르곤 합니다. 더 많은 진정성을 담고, 더 경건해지고자 말들이 두 손을 모으는 때가 많습니다.

그러나 30년 가까이 쓴 시들 중에 나중에 오래오래 사람들의 가슴에 남을 시가 얼마나 될까를 생각해보니 두려워집니다. 그동안 펴낸 아홉 권의 시집 중에서 아끼고 좋아하는 시 예닐곱 편씩을 골라 이번 시선집을 묶으면서 마음에 쏙 드는 몇 편의 시를 고르기가 쉽지 않은 걸 보고 놀랐습니다. 어쩌면 뒷세상에 오래오래 남을 시 한 편은 아직 쓰지 못했는지도 모르겠습니다. 그 한 편을 쓰는 일이 시를 많이 쓰는 일보다 더 중요하구나 하는 생각을 합니다.

그래서 시를 통해 조금 덜 말하고 사물들이 말하게 해야 하는 게 아닌가 생각합니다. 풍경이 먼저 말하고 나는 그 옆에 가만히 있어야 하는 게 아닌가 하는 생각도 합니다. 시는 말로 만들어진 그림인데 나는 그 그림을 설명하려 했던 것은 아닌지 모르겠습니다.

다행히 이번에 송필용 화백을 만나 말하지 않고 보여주는 법을 배웁니다. 그리고 송 화백이 보여주는 시를 보며 말하지 않고도 말하는 법에 대해 생각할 수 있는 시간을 가지게 되었습니다. 시는 말 없는 그림이요, 그림을 말 없는 시라고 합니다. 나도 더 고요해져서 말 없는 그림이 시가 되는 길을 가고 싶습니다. 송필용 화백의 그림과 함께 시선집 『흔들리지 않고 피는 꽃이 어디 있으랴』를 내게 되어 기쁩니다. 이런 시집을 만들어주신 이경철 님과 북촌미술관 이승미 부관장님께도 감사의 인사를 올립니다.

유난히 비가 자주 오고 뜨겁던 2007년 여름을 보내며

보은 구구산방에서 도종환

차례

2부 오늘 또 가지 않을 수 없던 길

3부 꽃이 피고 저 홀로 지는 일

4부 적막하게 불러보는 그대

5부　함께 먼 길 가자던 그리운 사람

1부

가장 황홀한 빛깔로
우리도 물이 드는 날

단풍 드는 날

버려야 할 것이
무엇인지를 아는 순간부터
나무는 가장 아름답게 불탄다

제 삶의 이유였던 것
제 몸의 전부였던 것
아낌없이 버리기로 결심하면서
나무는 생의 절정에 선다

방하착放下着
제가 키워온,
그러나 이제는 무거워진
제 몸 하나씩 내려놓으면서

가장 황홀한 빛깔로
우리도 물이 드는 날

가을 저녁

기러기 두 마리 날아가는 하늘 아래

들국화는 서리서리 감고 안고 피었는데

사랑은 아직도 우리에게 아픔이구나

바람만 머리채에 붐비는 가을 저녁

바람이 오면

바람이 오면
오는 대로 두었다가
가게 하세요

그리움이 오면
오는 대로 두었다가
가게 하세요

아픔도 오겠지요
머물러 살겠지요
살다간 가겠지요

세월도 그렇게
왔다간 갈 거예요
가도록 그냥 두세요

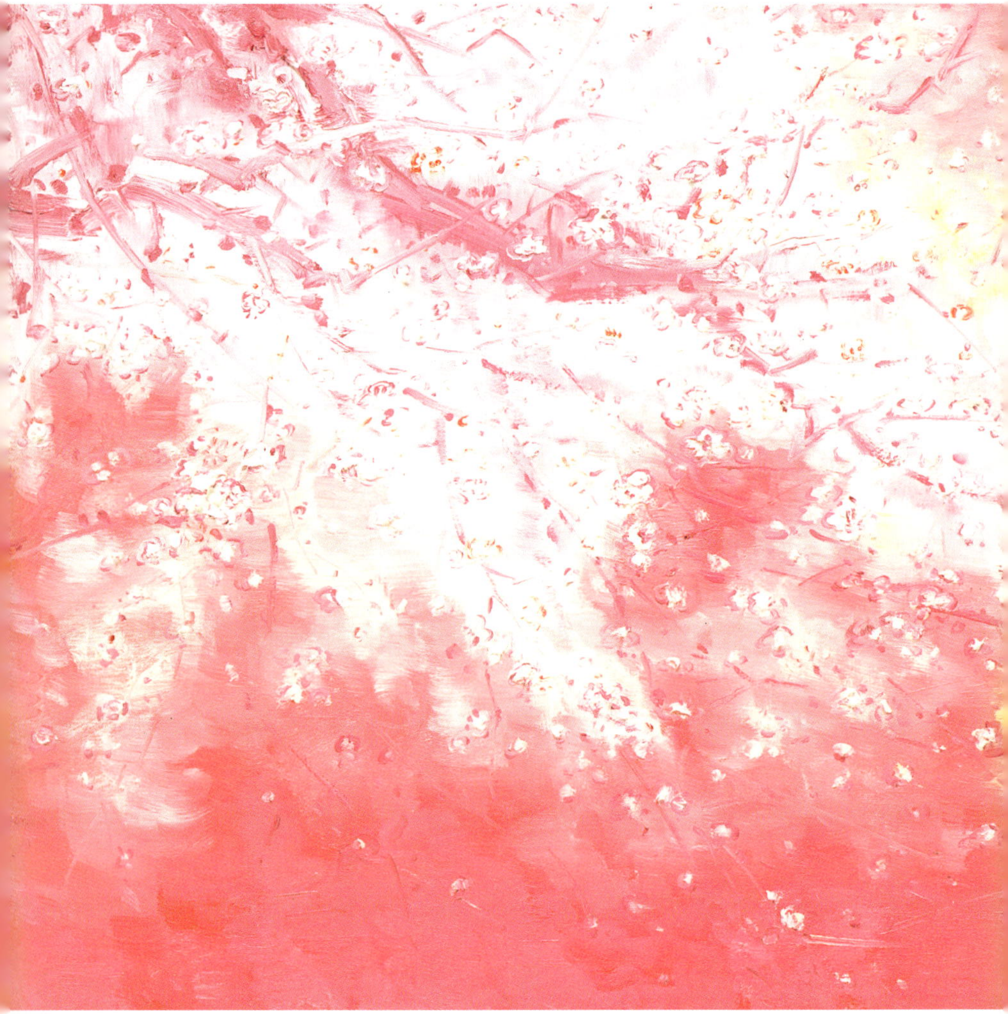

꽃잎

처음부터 끝까지 외로운 게
인생이라고 생각하면
눈물이 난다

지금 내가
외로워서가 아니다

피었다 저 혼자 지는
오늘 흙에 누운
저 꽃잎 때문도 아니다

형언할 수 없는
형언할 수 없는

시작도 알지 못할 곳에서 와서
끝 모르게 흘러가는
존재의 저 외로운 나부낌

아득하고
아득하여

담쟁이

저것은 벽
어쩔 수 없는 벽이라고 우리가 느낄 때
그때
담쟁이는 말없이 그 벽을 오른다
물 한 방울 없고 씨앗 한 톨 살아남을 수 없는
저것은 절망의 벽이라고 말할 때
담쟁이는 서두르지 않고 앞으로 나아간다
한 뼘이라도 꼭 여럿이 함께 손을 잡고 올라간다
푸르게 절망을 다 덮을 때까지
바로 그 절망을 잡고 놓지 않는다
저것은 넘을 수 없는 벽이라고 고개를 떨구고 있을 때
담쟁이 잎 하나는 담쟁이 잎 수천 개를 이끌고
결국 그 벽을 넘는다

늦가을

가을엔 모두들 제 빛깔로 깊어갑니다
가을엔 모두들 제 빛깔로 아름답습니다
지금 푸른 나무들은 겨울 지나 봄여름 사철 푸르고
가장 짙은 빛깔로 자기 자리 지키고 선 나무들도
모두들 당당한 모습으로 산을 이루며 있습니다
목숨을 풀어 빛을 밝히는 억새풀 있어
들판도 비로소 가을입니다
피고 지고 피고 져도 또다시 태어나 살아야 할 이 땅
이토록 아름다운 강산 차마 이대로 두고 갈 수 없어
갈라진 이대로 둔 채 낙엽 한 장의 모습으로 사라져갈 순 없어
몸이 타는 늦가을입니다

여백

언덕 위에 줄지어 선 나무들이 아름다운 건
나무 뒤에서 말없이
나무들을 받아안고 있는 여백 때문이다
나뭇가지들이 살아온 길과 세세한 잔가지
하나하나의 흔들림까지 다 보여주는
넉넉한 허공 때문이다
빽빽한 숲에서는 보이지 않는
나뭇가지들끼리의 균형
가장 자연스럽게 뻗어있는 생명의 손가락을
일일이 쓰다듬어주고 있는 빈 하늘 때문이다
여백이 없는 풍경은 아름답지 않다
비어있는 곳이 없는 사람은 아름답지 않다
여백을 가장 든든한 배경으로 삼을 줄 모르는 사람은

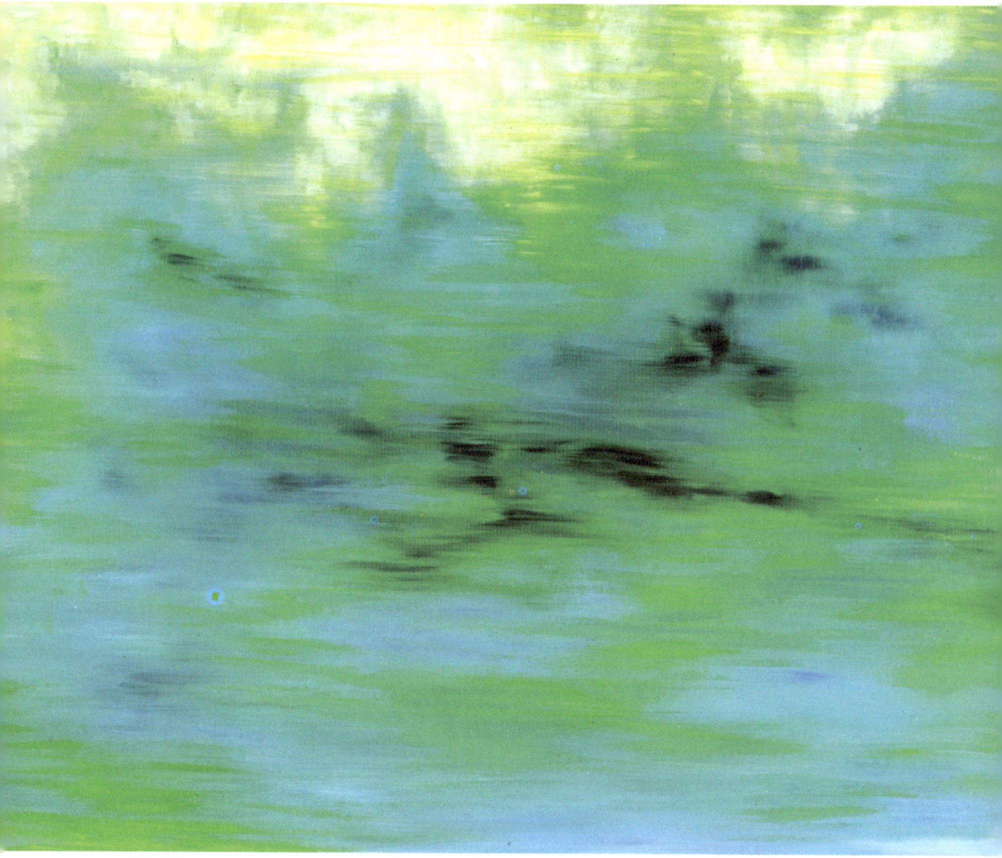

처음 가는 길

아무도 가지 않은 길은 없다•
다만 내가 처음 가는 길일 뿐이다
누구도 앞서 가지 않은 길은 없다
오랫동안 가지 않은 길이 있을 뿐이다
두려워 마라 두려워하였지만
많은 이들이 결국 이 길을 갔다
죽음에 이르는 길조차도
자기 전 생애를 끌고 넘은 이들이 있다
순탄하기만 한 길은 길 아니다
낯설고 절박한 세계에 닿아서 길인 것이다

• 베드로시안은 「그런 길은 없다」에서 "아무도 걸어가본 적이 없는 그런 길은 없다"고 한 바 있다.

희망의 바깥은 없다

희망의 바깥은 없다
새로운 것은 언제나 낡은 것들 속에서
싹튼다 얼고 시들어서 흙빛이 된 겨울 이파리
속에서 씀바귀 새 잎은 자란다
희망도 그렇게 쓰디쓴 향으로
제 속에서 자라는 것이다 지금
인간의 얼굴을 한 희망은 온다
가장 많이 고뇌하고 가장 많이 싸운
곪은 상처 그 밑에서 새살이 돋는 것처럼
희망은 스스로 균열하는 절망의
그 안에서 고통스럽게 자라난다
안에서 절망을 끌어안고 뒹굴어라
희망의 바깥은 없다

홍매화

눈 내리고 내려 쌓여 소백산 자락 덮어도
매화 한 송이 그 속에서 핀다

나뭇가지 얼고 또 얼어
외로움으로 반질반질해져도
꽃봉오리 솟는다

어이하랴 덮어버릴 수 없는
꽃 같은 그대 그리움

그대 만날 수 있는 날 아득히 멀고
폭설은 퍼붓는데

숨길 수 없는 숨길 수 없는
가슴속 홍매화 한 송이

저무는 꽃잎

가장 화려하게 피었을 때
그리하여 이제는 저무는 일만 남았을 때

추하지 않게 지는 일을
준비하는 꽃은 오히려 고요하다

화려한 빛깔과 향기를
다만 며칠이라도 더 붙들어두기 위해
조바심이 나서
머리채를 흔드는 꽃들도 많지만

아름다움 조금씩 저무는 날들이
생에 있어서는 더욱 소중하다는 것을

아름다운 날에 대한 욕심 접는 만큼
꽃맺이 한 치씩 커오른다는 걸
아는 꽃들의 자태는
세월 앞에 오히려 담백하다

떨어진 꽃잎 하나
가만히 볼에 대어보는
봄날 오후

깊은 가을

가장 아름다운 빛깔로 멈추어있는 가을을 한 잎 두 잎 뽑아내며 저도 고요히 떨고 있는 바람의 손길을 보았어요

생명이 있는 것들은 꼭 한 번 이렇게 아름답게 불타는 날이 있다는 걸 알려주며 천천히 고로쇠나무 사이를 지나가는 만추의 불꽃을 보았어요

억새의 머릿결에 볼을 부비다 강물로 내려와 몸을 담그고는 무엇이 그리 좋은지 깔깔댈 때마다 튀어오르는 햇살의 비늘을 만져보았어요

알곡을 다 내주고 편안히 서로 몸을 베고 누운 볏짚과 그루터기가 두런두런 이야기를 나누는 향기로운 목소리를 들었어요

가장 많은 것들과 헤어지면서 헤어질 때의 모습을 보이지 않으려고 살며시 돌아눕는 산의 쿨럭이는 구릿빛 등을 보았어요

어쩌면 이런 가을날 다시 오지 않으리란 예감에 까치발을 떼며 종종대는 저녁노을의 복숭아빛 볼을 보았어요

깊은 가을,

마애불의 흔적을 좇아 휘어져 내려가다 바위 속으로 스미는 가을 햇살을 따라가며 그대는 어느 산기슭 어느 벼랑에서 또 혼자 깊어가고 있는지요

시래기

저것은 맨 처음 어둔 땅을 뚫고 나온 잎들이다
아직 씨앗인 몸을 푸른 싹으로 바꾼 것도 저들이고
가장 바깥에 서서 흙먼지 폭우를 견디며
몸을 열 배 스무 배로 키운 것도 저들이다
더 깨끗하고 고운 잎을 만들고 지키기 위해
가장 오래 세찬 바람 맞으며 하루하루 낡아간 것도
저들이고 마침내 사람들이 고갱이만을 택하고 난 뒤
제일 먼저 버림받은 것도 저들이다
그나마 오래오래 푸르른 날들을 지켜온 저들을
기억하는 손에 의해 거두어져 겨울을 나다가
사람들의 까다로운 입맛도 바닥나고 취향도 곤궁해졌을 때
잠시 옛날을 기억하게 할 짧은 허기를 메꾸기 위해
서리에 젖고 눈 맞아가며 견디고 있는 마지막 저 헌신

2부

오늘 또
가지 않을 수
없던 길

초겨울

올해도 갈참나무 잎 산비알에 우수수 떨어지고

올해도 꽃진 들에 억새풀 가을 겨울 흔들리고

올해도 살얼음 어는 강가 새들은 가고 없는데

구름 사이에 별이 뜨듯 나는 쓸쓸히 살아있구나

산벚나무

아직 산벚나무 꽃은 피지 않았지만
개울물 흘러내리는 소리 들으며
가지마다 살갗에 화색이 도는 게 보인다
나무는 희망에 대하여 과장하지 않았지만
절망을 만나서도 작아지지 않았다
묵묵히 그것들의 한복판을 지나왔을 뿐이다
겨울에 대하여
또는 봄이 오는 소리에 대하여
호들갑 떨지 않았다
길이 보이지 않는다고 경박해지지 않고
길이 보이기 시작한다고 요란하지 않았다
묵묵히 묵묵히 걸어갈 줄 알았다
절망을 하찮게 여기지 않았듯
희망도 무서워할 줄 알면서•

• 마지막 행은 루신의 글 「고향」에서 인용

산경

하루 종일 아무 말도 안 했다
산도 똑같이 아무 말을 안 했다
말없이 산 옆에 있는 게 싫지 않았다
산도 내가 있는 걸 싫어하지 않았다
하늘은 하루 종일 티 없이 맑았다
가끔 구름이 떠오고 새 날아왔지만
잠시 머물다 곧 지나가버렸다
내게 온 꽃잎과 바람도 잠시 머물다 갔다
골짜기 물에 호미를 씻는 동안
손에 묻은 흙은 저절로 씻겨 내려갔다
앞산 뒷산에 큰 도움은 못되었지만
하늘 아래 허물없이 하루가 갔다

폐허 이후

사막에서도 저를 버리지 않는 풀들이 있고
모든 것이 불타버린 숲에서도
아직 끝나지 않았다고 믿는 나무가 있다
화산재에 덮이고 용암에 녹은 산기슭에도
살아서 재를 털며 돌아오는 벌레와 짐승이 있다
내가 나를 버리면 거기 아무도 없지만
내가 나를 먼저 포기하지 않으면
어느 곳에서나 함께 있는 것들이 있다
돌무더기에 덮여 메말라버린 골짜기에
다시 물이 고이고 물줄기를 만들어 흘러간다
내가 나를 먼저 포기하지 않는다면

가지 않을 수 없던 길

가지 않을 수 있는 고난의 길은 없었다
몇몇 길은 거쳐오지 않았어야 했고
또 어떤 길은 정말 발 디디고 싶지 않았지만
돌이켜보면 그 모든 길을 지나 지금
여기까지 온 것이다
한 번쯤은 꼭 다시 걸어보고픈 길도 있고
아직도 해거름마다 따라와
나를 붙잡고 놓아주지 않는 길도 있다
그 길 때문에 눈시울 젖을 때 많으면서도
내가 걷는 이 길 나서는 새벽이면 남모르게 외롭고
돌아오는 길마다 말하지 않은 쓸쓸한 그늘 짙게 있지만
내가 가지 않을 수 있는 길은 없었다
그 어떤 쓰라린 길도
내게 물어오지 않고 같이 온 길은 없었다
그 길이 내 앞에 운명처럼 패여있는 길이라면
더욱 가슴 아리고 그것이 내 발길이 데려온 것이라면
발등을 찍고 싶을 때 있지만
내 앞에 있던 모든 길들이 나를 지나
지금 내 속에서 나를 이루고 있는 것이다
오늘 아침엔 안개 무더기로 내려 길을 뭉턱 자르더니
저녁엔 헤쳐온 길 가득 나를 혼자 버려둔다
오늘 또 가지 않을 수 없던 길
오늘 또 가지 않을 수 없던 길

빈 방

하루 일을 끝내고 돌아오는 길
스펀지가 물을 빨아들이듯이
먼 산이 어둠을 천천히 빨아들이는 것이 보일 때
저녁 하늘이 어둠의 빛깔을 몸 가득 머금는 것이 보일 때
늘 가던 길에서 내려 샛길로 들고 싶다
어디 종일 저 혼자 있던 빈 방이 나를 좀 들어오도록
허락해주면 좋겠다
적막함이 낯설음을 말없이 받아주는 방
적막의 서늘한 무릎을 베고
잠시 누워있게 해주면 좋겠다
그동안 살면서 너무 많은 말을 하였으므로
말없이 입을 닫고 있어도 불편해하지 않고
먼저 지쳐 쓰러진 적이 있던 그가
오늘 지친 모습으로 들어온 하루치의 목숨을 위해
물 끓이는 소리를 들려주면 좋겠다
처음엔 모두들 이렇게 어색한 얼굴로
쭈뼛거리기도 하다가 사랑을 알아가는 것이므로
문 밖으로 천천히 내려오던 어둠이
멋쩍어하는 우리의 얼굴을 잠깐씩 가려주기도 하고
우리가 늘 타향을 전전하며 살고 있으므로
고향을 너무 멀리 떠나왔으므로
고향이 어딘지 묻는 것만으로도 말문이 트이고

비슷한 어린 시절의 이야기 하나 추억처럼
꺼내놓아도 서로를 즐겁게 긍정하고
내 몸을 꽁꽁 묶으며 나를 긴장시키는 게 일이던
끈들을 느슨하게 풀고
비슷한 사투리만으로도 익숙한 입맛을 만나는 저녁 시간
몇 잔의 편안함이 술 향기로 번져오는
순간순간을 나누어 마시며
웃음이 번져가는 사람 하나
곁에 있어주면 좋겠다
어둠 속에서 만나는 객창감이 좋고
낯선 시간들과 두런두런 이야기를 나누다가
오른팔로 팔베개를 하고는
나도 모르는 사이에 스르르 잠이 들면
잠시 사라수나무 그림자 몸에 와 일렁이고
내 겉옷을 들어 잠든 나를 덮어주는
이름 모르는 사람 하나 곁에 있으면 좋겠다

그리운 강

존 메이스필드의 「그리운 바다」 운을 빌려

사람들은 늘 바다로 떠날 일을 꿈꾸지만
나는 아무래도 강으로 가야겠다
가없이 넓고 크고 자유로운 세계에 대한 꿈을
버린 것은 아니지만 작고 따뜻한 물소리에서
다시 출발해야 할 것 같다
해일이 되어 가까운 마을부터 휩쓸어버리거나
이 세상을 차갑고 거대한 물로 덮어버린 뒤
물보라를 날리며 배 한 척을 저어나가는 날이
한 번쯤 있었으면 하지만
너무 크고 넓어서 많은 것을 가졌어도
아무것도 손에 쥐지 못한 것처럼 공허한
바다가 아니라 쏘가리 치리 동자개 몇 마리만으로도
넉넉할 수 있는 강으로 가고 싶다
급하게 달려가는 사나운 물살이 아니라
여유 있게 흐르면서도 온 들을 다 적시며 가는 물줄기와
물살에 유연하게 다듬어졌어도 속으론 참 단단한
자갈밭을 지나 천천히 천천히 걸어오고 싶다
욕심을 버려서 편안한 물빛을 따라 흐르고 싶다
너무 많은 갈매기 가마우지떼가 한꺼번에 내려앉고
한꺼번에 날아오르는 바다가 아니라
내게 와 쉬고 싶은 몇 마리 새들과도

얼마든지 외롭지 않을 강으로 가고 싶다
은백색 물고기떼를 거느려 남지나해에서
동해까지 거슬러오르는 힘찬 유영이 아름다운 것도 알지만
할 수만 있다면 한적한 강 마을로 돌아가
외로워서 여유롭고 평화로워서 쓸쓸한 집 한 채 짓고
맑고 때 묻지 않은 청년으로 돌아가고 싶다
그 강 마을에도 어린 시절부터 내게 길이 되어주던
별이 머리 위에 뜨고 어디에도 얽매이지 않는
호젓한 바람 불어오리니 아무래도
나는 다시 강으로 가야겠다

오늘 밤 비 내리고

오늘 밤 비 내리고
몸 어디인가 소리 없이 아프다
빗물은 꽃잎을 싣고 여울로 가고
세월은 육신을 싣고 서천으로 기운다
꽃 지고 세월 지면 또 무엇이 남으리
비 내리는 밤에는 마음 기댈 곳 없어라

자작나무

자작나무처럼 나도 추운 데서 자랐다
자작나무처럼 나도 맑지만 창백한 모습이었다
자작나무처럼 나도 꽃은 제대로 피우지 못하면서
꿈의 키만 높게 키웠다
내가 자라던 곳에는 어려서부터 바람이 차게 불고
나이 들어서도 눈보라 심했다
그러나 눈보라 북서풍 아니었다면
곧고 맑은 나무로 자라지 못했을 것이다
단단하면서도 유연한 몸짓 지니지 못했을 것이다
외롭고 깊은 곳에 살면서도
혼자 있을 때보다 숲이 되어 있을 때
더 아름다운 나무가 되지 못했을 것이다

낙화

사람의 마을에 꽃이 진다
꽃이 돌아갈 때도 못 깨닫고
꽃이 돌아올 때도 못 깨닫고
본지풍광 그 얼굴 더듬어도 못 보고
속절없이 비 오고 바람 부는
무명의 한 세월
사람의 마을에 비가 온다

개울

개울은 제가 그저 개울인 줄 안다
산골짝에서 이름 없는 돌멩이나 매만지며
밤에는 별을 안아 흐르고 낮에는 구름을 풀어
색깔을 내며 이렇게 소리 없이
낮은 곳을 지키다 가는 물줄기인 줄 안다
물론 그렇게 겸손해서 개울은 미덥다
개울은 제가 바다의 핏줄임을 모른다
바다의 시작이요 맥박임을 모른다
아무도 눈여겨 보아주지 않는
소읍의 변두리를 흐린 낯빛으로 지나가거나
어떤 때는 살아있음의 의미조차 잊은 채
떠밀려 서쪽으로 서쪽으로 가고 있는 줄로 안다
쏘가리나 피라미를 키우는 산골짝 물인지 안다
그러나 가슴속 그 물빛으로 마침내
수천수만 바닷고기를 자라게 하고
어선만 한 고래도 살게 하는 것이다
언젠가 개울은 알게 될 것이다
제가 곧 바다의 출발이며 완성이었음을
멈추지 않고 흐른다면
그토록 꿈꾸던 바다에 이미 닿아있다는 걸
살아 움직이며 쉼 없이 흐른다면
주저앉거나 포기하지 않고 늘 깨어 흐른다면

사랑하는 사람이 미워지는 밤에는

사랑하는 사람이 미워지는 밤에는 몹시도 괴로웠다
어깨 위에 별들이 뜨고
그 별이 다 질 때까지 마음이 아팠다

사랑하는 사람이 멀게만 느껴지는 날에는
내가 그에게 처음 했던 말들을 생각했다

내가 그와 끝까지 함께하리라 마음먹던 밤
돌아오면서 발걸음마다 심었던 맹세들을 떠올렸다
그날의 내 기도를 들어준 별들과 저녁 하늘을 생각했다

사랑하는 사람이 미워지는 밤에는
사랑도 다 모르면서 미움을 더 아는 듯이 쏟아버린
내 마음이 어리석어 괴로웠다

3부

꽃이 피고
저 홀로 지는 일

쓸쓸한 세상

이 세상이 쓸쓸하여 들판에 꽃이 핍니다
하늘도 허전하여 허공에 새들을 날립니다
이 세상이 쓸쓸하여 사랑하는 이의
이름을 유리창에 썼다간 지우고
허전하고 허전하여 뜰에 나와 노래를 부릅니다
산다는 게 생각할수록 슬픈 일이어서
파도는 그치지 않고 제 몸을 몰아다가 바위에 던지고
천 권의 책을 읽어도 쓸쓸한 일에서 벗어날 수 없어
깊은 밤 잠들지 못하고 글 한 줄을 씁니다
사람들도 쓸쓸하고 쓸쓸하여 사랑을 하고
이 세상 가득 그대를 향해 눈이 내립니다

섬

당신이 물결이었을 때 나는 언덕이라 했다
당신이 뭍으로 부는 따스한 바람이고자 했을 때
나는 까마득히 멈추어 선 벼랑이라 했다
어느 때 숨죽인 물살로 다가와
말없는 바위를 몰래몰래 건드려보기도 하다가
다만 용서하면서 되돌아갔었노라 했다
언덕뿐인 뒷모습을 바라보며 당신은 살았다 했다
당신의 가슴앓이가 파리하게 살갗에 배어나올 때까지도
나는 깊어가는 당신의 병을 눈치채지 못하였고
어느 날 당신이 견딜 수 없는 파도를 토해 내 등을 때리고
한없이 쓰러지며 밀려가는 썰물이 되었을 때
놀란 얼굴로 내가 뒤돌아보았을 때
당신은 영영 돌아오지 못할 거리로 떠내려가 있었다
단 한 번의 큰 파도로 나는 걷잡을 수 없이 무너져
당신을 따라가다 따라가다
그만 빈 갯벌이 되어 눕고 말았다
쓸쓸한 이 바다에도 다시 겨울이 오고 물살이 치고
돌아오지 못한 채 멈추어 선 나를
세월은 오래도록 가두어놓고 있었다

꽃다지

바람 한줄기에도 살이 떨리는
이 하늘 아래 오직 나 혼자뿐이라고
내가 이 세상에 나왔을 때
나는 생각했습니다

처음 돋는 풀 한 포기보다 소중히 여겨지지 않고
민들레만큼도 화려하지 못하여
나는 흙바람 속에 조용히
내 몸을 접어두고 있었습니다

그러나 내가 당신을 안 뒤부터는
지나가는 당신의 그림자에
몸을 쉬는 것만으로도 마음이 편했고
건넛산 언덕에 살구꽃들이
당신을 향해 피는 것까지도 즐거워했습니다

내 마음은 이제 열을 지어
보아주지 않는 당신 가까이 왔습니다
당신이 결코 마르지 않는 샘물로 흘러오리라 믿으며
다만 내가 당신의 무엇이 될까만을 생각했습니다

나는 아직도 당신에게 이름이 없는 꽃입니다
그러나 당신이 너무도 가까이 계심을 고마워하는
당신으로 인해 피어있는 꽃입니다

내가 사랑하는 당신은

저녁 숲에 내리는 황금빛 노을이기보다는
구름 사이에 뜬 별이었음 좋겠어
내가 사랑하는 당신은
버드나무 실가지 가볍게 딛으며 오르는 만월이기보다는
동짓달 스무날 빈 논길을 쓰다듬는 달빛이었음 싶어

꽃분에 가꾼 국화의 우아함보다는
해가 뜨고 지는 일에 고개를 끄덕일 줄 아는 구절초이었음 해
내 사랑하는 당신이 꽃이라면
꽃 피우는 일이 곧 살아가는 일인
콩꽃 팥꽃이었음 좋겠어

이 세상의 어느 한 계절 화사히 피었다
시들면 자취 없는 사랑 말고
저무는 들녘일수록 더욱 은은히 아름다운
억새풀처럼 늙어갈 순 없을까
바람 많은 가을 강가에 서로 어깨를 기댄 채

우리 서로 물이 되어 흐른다면
바위를 깎거나 갯벌 허무는 밀물 썰물보다는
물오리떼 쉬어가는 저녁 강물이었음 좋겠어
이렇게 손을 잡고 한세상을 흐르는 동안
갈대가 하늘로 크고 먼바다에 이르는 강물이었음 좋겠어

초저녁

혼자서 바라보는 하늘에 초저녁 별이 하나
혼자서 걸어가는 길이 멀어 끝없는 바람
살아서 꼭 한 번은 만날 것 같은
해거름에 떠오르는 먼 옛날 울며 헤진 그리운 사람 하나

혼자 사랑

혼자서만 생각하다 날이 저물어
당신은 모르는 채 돌아갑니다
혼자서만 사랑하다 세월이 흘러
나 혼자 말없이 늙어갑니다
남모르게 당신을 사랑하는 게
꽃이 피고 저 홀로 지는 일 같습니다

눈 내리는 벌판에서

발이 푹푹 빠지는 눈길을 걸어
그리운 사람을 만나러 가고 싶다
발자국 소리만이 외로운 길을 걸어
사랑하는 사람을 만나러 가고 싶다
몸보다 더 지치는 마음을 누이고
늦도록 이야기를 나누며 깊어지고 싶다
둘러보아도 오직 벌판
등을 기대어 더욱 등이 시린 나무 몇 그루뿐
이 벌판 같은 도시의 한복판을 지나
창밖으로 따스한 불빛 새어 가슴에 묻어나는
먼 곳의 그리운 사람 향해 가고 싶다
마음보다 몸이 더 외로운 이런 날
참을 수 없는 기침처럼 터져오르는 이름 부르며
사랑하는 사람 있어 달려가고 싶다

산 너머에서

그가 무척 뒤척이고 있나 보다
내 몸 어딘가 물소리 조그맣게 철썩이는 걸 보니
골짝에서 산어깨까지 천천히 골안개에 잠기듯
그리움에 몸 젖어 올라오는 걸 보니

그도 힘들게 여러 날을 보내고 있나 보다
바람도 없는데 몸 자꾸 흔들리는 걸 보니
봉숭아 물든 손가락으로 물에다 무어라 썼더니
잔물결도 밤새도록 잠 못 들어하는 걸 보니

오월 편지

붓꽃이 핀 교정에서 편지를 씁니다
당신이 떠나고 없는 하루 이틀은 한 달 두 달처럼 긴데
당신으로 인해 비어있는 자리마다 깊디깊은 침묵이 앉습니다
낮에도 뻐꾸기 울고 찔레가 피는 오월입니다
당신 있는 그곳에도 봄이면 꽃이 핍니까
꽃이 지고 필 때마다 당신을 생각합니다
어둠 속에서 하얗게 반짝이며 찔레가 피는 철이면
더욱 당신이 보고 싶습니다
사랑하는 사람을 잃은 사람은 다 그러하겠지만
오월에 사랑하는 사람을 잃은 이가 많은 이 땅에선
찔레 하나가 피는 일도 예사롭지 않습니다
이 세상 많은 이들 가운데 한 사람을 사랑하여
오래도록 서로 깊이 사랑하는 일은 아름다운 일입니다
그 생각을 하며 하늘을 보면 꼭 가슴이 멥니다
얼마나 많은 이들이 서로 영원히 사랑하지 못하고
너무도 아프게 헤어져 울며 평생을 사는지 아는 까닭에
소리 내어 말하지 못하고 오늘처럼 꽃잎에 편지를 씁니다
소리 없이 흔들리는 붓꽃잎처럼 마음도 늘 그렇게 흔들려
오는 이 가는 이 눈치에 채이지 않게 또 하루를 보내고
돌아서는 저녁이면 저미는 가슴 빈자리로 바람이 가득가득
몰려옵니다

뜨거우면서도 그렇게 여린 데가 많던 당신의 마음도
이런 저녁이면 바람을 몰고 가끔씩 이 땅을 다녀갑니까
저무는 하늘 낮달처럼 내게 와 머물다 소리 없이 돌아가는
사랑하는 사람이여

나리소

가장 높은 곳에 있을 때
가장 고요해지는 사랑이 깊은 사랑이다
나릿재 밑에 나리소 못이 가장 깊고 고요하듯
요란하고 진부한 수식이 많은 사랑은
얕은 여울을 건너고 있는 사랑이다
사랑도 흐르다 깊은 곳을 만나야 한다
여울을 건너올 때 강물을 현란하게 장식하던 햇살도
나리소 앞에서는 그 반짝거림을 거두고 조용해지듯
한 사람을 사랑하는 동안 마음이 가장 깊고
착해지지 않으면 진짜 사랑 아니다
물빛처럼 맑고 투명하고 선해지지 않으면

꽃씨를 거두며

언제나 먼저 지는 몇 개의 꽃들이 있습니다. 아주 작은 이슬과 바람에도 서슴없이 잎을 던지는 뒤를 따라 지는 꽃들은 그들을 알고 있습니다. 아이들과 함께 꽃씨를 거두며 사랑한다는 일은 책임지는 일임을 생각합니다. 사랑한다는 일은 기쁨과 고통, 아름다움과 시듦, 화해로움과 쓸쓸함 그리고 삶과 죽음까지를 책임지는 일이어야 함을 압니다. 시드는 꽃밭 그늘에서 아이들과 함께 꽃씨를 거두어 주먹에 쥐며 이제 기나긴 싸움은 다시 시작되었다고 나는 믿고 있습니다. 아무것도 끝나지 않았고 삶에서 죽음까지를 책임지는 것이 남아있는 우리들의 사랑임을 압니다. 꽃에 대한 씨앗의 사랑임을 압니다.

쑥국새

빗속에서 쑥국새가 운다
한 개의 별이 되어
창밖을 서성이던
당신의 모습도
오늘은 보이지 않는다
이렇게 비가 내리는 밤이면
당신의 영혼은
또 어디서 비를 맞고 있는가

4부

적막하게
불러보는 그대

이 세상에는

이 세상에는 아무도 기억해주지 않는 외로움이 있습니다
이 세상에는 아무와도 나누어 가질 수 없는 아픔이 있습니다
마음 하나 버리지 못해
이 세상에는 지워지지 않는 그리움이 있습니다
당신은 그 외로움을 알고 있습니다
당신은 그 아픔 그 그리움을 알고 있습니다
다만 먼 곳에 계신 당신을 생각하며
아무에게도 말할 수 없는 기다림으로 살아가는 세월이 있습니다

그대 잘 가라

그대여 흘러 흘러 부디 잘 가라
소리 없이 그러나 오래오래 흐르는 강물을 따라
그댈 보내며
이제는 그대가 내 곁에서가 아니라
그대 자리에 있을 때 더욱 아름답다는 걸 안다
어둠 속에서 키 큰 나무들이 그림자를 물에 누이고
나도 내 그림자를 물에 담가 흔들며
가늠할 수 없는 하늘 너머 불타며 사라지는
별들의 긴 눈물
잠깐씩 강물 위에 떴다가 사라지는 동안
밤도 가장 깊은 시간을 넘어서고
밤하늘보다 더 짙게 가라앉는 고요가 내게 내린다
이승에서 갖는 그대와 나의 이 거리 좁혀질 수 없어
그대가 살아 움직이고 미소 짓는 것이 아름다워 보이는
그대의 자리로 그대를 보내며
나 혼자 뼈아프게 깊어가는 이 고요한 강물 곁에서
적막하게 불러보는 그대
잘 가라

꽃잎 인연

몸 끝을 스치고 간 이는 몇이었을까
마음을 흔들고 간 이는 몇이었을까
저녁 하늘과 만나고 간 기러기 수만큼이었을까
앞강에 흔들리던 보름달 수만큼이었을까
가지 끝에 모여와주는 오늘 저 수천 개 꽃잎도
때가 되면 비 오고 바람 불어 속절없이 흩어지리
살아있는 동안은 바람 불어 언제나 쓸쓸하고
사람과 사람끼리 만나고 헤어지는 일들도
빗발과 꽃나무들 만나고 헤어지는 일과 같으리

어떤 마을

사람들이 착하게 사는지 별들이 많이 떴다
개울물 맑게 흐르는 곳에 마을을 이루고
물바가지에 떠 담던 접동새 소리 별 그림자
그 물로 쌀을 씻어 밥 짓는 냄새 나면
굴뚝 가까이 내려오던
밥티처럼 따스한 별들이 뜬 마을을 지난다

사람들이 순하게 사는지 별들이 참 많이 떴다

목련나무

그가 나무에 기대앉아 울고 있나 보다
그래서 뜰의 목련나무들이
세차게 이파리를 흔들고 있나 보다
살면서 나를 가장 힘들게 한 건 사랑이었다
살면서 나를 가장 괴롭게 한 건 사랑이었다
그를 만났을 땐 불꽃 위에서건 얼음 위에서건
사랑할 수 있을 것 같았다
그러나 숯불 같은 살 위에 몸을 던지지도 못했고
시냇물이 강물을 따라가듯
함께 섞여 흘러가지도 못했다
순한 짐승처럼 어울리어 숲이 시키는 대로
벌판이 시키는 대로 사랑하고 싶었다
그러나 결국은 사랑이 가자는 대로 가지 못하였다
늘 고통스러운 마음뿐
어두운 하늘과 새벽 별빛 사이를 헤매는 마음뿐
고개를 들면 다시 문 앞에 와 서있곤 했다
그가 어디선가 혼자 울고 있나 보다 그래서
목련나무 잎이 내 곁에 와 몸부림치고 있나 보다

봄의 줄탁

모과나무 꽃순이 나무껍질을 열고 나오려고 속에서 입술을 옴질
옴질거리는 걸 바라보다 봄이 따뜻한 부리로 톡톡 쪼며 지나간다
봄의 줄탁
금이 간 봉오리마다 좁쌀알만 한 몸을 내미는 꽃들 앵두나무 자두
나무 산벚나무 꽃들 몸을 비틀며 알에서 깨어 나오는 걸 바라본다
내일은 부활절

시골 교회 낡은 자주색 지붕 위에 세워진 십자가에 저녁 햇살이
몸을 풀고 앉아 하루 종일 자기가 일한 것을 내려다보고 있다

연필 깎기

연필을 깎는다 고요 속에서 사각사각 아침 시간이 깎여나간다 미미한 향나무 냄새 이 냄새로 시의 첫 줄을 쓰고자 했다 삼십 년을 연필로 시를 썼다 그러나 지나온 내 생에 향나무 냄새 나는 날 많지 않았다 아침에 한 다짐을 오후까지 지키지 못하는 날이 많았다 문을 나설 때 단정하게 가다듬은 지조의 옷도 돌아올 땐 매무새가 흐트러져 있었다

연필을 깎는다 끝이 닳아 뭉툭해진 신념의 심을 천천히 아주 천천히 깎는다 지키지 못할 말들을 많이 했다 중언부언한 슬픔 실제보다 더 포장된 외로움 엄살이 많았다

연필을 깎는다 정직하지 못하였다는 걸 안다 내가 내 삶을 신뢰하지 못하면서 내 마음을 믿어달라고 하였다 그래서 바람이 그치지 않았는지도 모른다 모순어법에서 벗어나지 못한 내 시각 얇게 깎여져나간 시선의 껍질들을 바라보며 연필을 깎는다

기도가 되지 않는 날은 연필을 깎는다 가지런한 몇 개의 연필 앞에서 아주 고요해진 한순간을 만나고자 연필 깎는 소리만이 가득 찬 공간 안에서 제 뼈를 깎는 소리와 같이 있고자

어린이 놀이터

어린이 놀이터에 개나리꽃이 진하게 피었다
동네 아이들은 모두 학교 가고 없고
아이들이 금 그어놓고 놀다 간
사방치기 그림만 땅 위에 덩그러니 남아있다
그 앞에 서서 폴짝 뛰어보려다
멈칫 주위를 둘러본다
그러다 폴짝 폴폴짝 뛰어 건넜다
개나리꽃이 머리를 흔들며
깔깔대고 웃다가 꽃잎 몇 개를 놓친다
햇살이 위 꽃잎에서 아래 꽃잎 더미 위로
주르르 미끄러져 내린다
여기서 오 분만 걸어가면
쫓겨난 학교가 있다
이 봄이 지나면 못 돌아간 지 꼭 여덟 해가 된다
걸어서 오 분이면 가는 학교를

빈 교실

천장이 낡아 떨어져나간 사이로 건물의 빗장뼈가 허옇게 드러나 보이던 그 교실이 그래도 나는 좋았다 도서열람실이라고 하지만 잘 닫히지 않는 창틈으로 명지바람이 다녀간 것 말고는 늘 비어있는 그 교실에서 글 쓰는 걸 배우려는 아이들과 아름다운 사람이 되는 일에 대해 시를 쓰기도 하고 강아지똥이나 수우족 추장의 글을 돌려가며 읽기도 하였다

수업이 없는 시간이면 나는 그곳에 혼자 앉아있곤 하였는데 비가 내리다 그친 유월이면 뻐꾹새는 건너편 숲에서 녹녹한 소리들만 골라 교실 앞에까지 던지고 가고 낙엽이 창을 두드리는 소리에 놀라 창을 열다가 내가 그리움을 다 못 버리고 있구나 생각하며 산 너머 흘러가는 구름 몇 장을 한참씩 바라보며 서있는 날도 있었다

아이들도 내가 그곳에 혼자 있는 걸 아는지 간혹 생글거리며 찾아와 묻지도 않은 이야기를 들려주기도 하고 다른 반 누구누구가 우리 반 현이를 좋아하고 있는지를 넌지시 알려주며 저희끼리 깔깔거리거나 칠판 가득 열다섯 가슴에 찰랑거리는 소망을 적어놓기도 했다 간혹 누구 글씨인지 알 것 같은 필체로 선생님 바보라고 쓰여있는 걸 보며 혼자 웃을 때도 있었다

날이 추워져도 손가방만 한 스토브 그것도 고장이 나 잘 켜지지 않는 것 하나밖에는 의지할 데가 없는 싸늘한 교탁 옆에서 미사를 위한 아다지오를 듣거나 아직도 뜻을 버리지 않은 옛 친구들의 시집을 읽으며 가슴이 녹아내릴 때도 있고 시린 등 곱은 손을 다른 한 손으로 비벼가며 시를 쓰기도 했다 달포가 넘도록 운동장 가득 눈은 녹지 않는데 지나온 세월 속에 잃어버린 것들을 생각하면 마음 아플 때도 있지만 나는 왜 찬바람 부는 오지의 교실을 혼자 지키고 있는가 묻지 않았다 그저 다시는 못 만날지 모르는 고적한 시간 시간이 좋았다

세우

가는 비 꽃잎에 삽삽이 내리고
강 건너 마을은 비안개로 흐리다
찔레꽃 찬 잎은 발등에 지는데
그리운 얼굴은 어느 마을에 들었는가
젖은 몸 그리움에 다시 젖는 강기슭

눈물

마음 둘 데 없어 바라보는 하늘엔
떨어질 듯 깜빡이는 눈물 같은 별이 몇 개
자다 깨어 보채는 엄마 없는 우리 아가
울다 잠든 속눈썹에 젖어있는 별이 몇 개

돌아가는 꽃

간밤 비에 꽃 피더니
그 봄비에 꽃 지누나

그대로 인하여 온 것들은
그대로 인하여 돌아가리

그대 곁에 있는 것들은
언제나 잠시

아침 햇빛에 아름답던 것들
저녁 햇살로 그늘지리

5부

함께 먼 길 가자던 그리운 사람

흔들리며 피는 꽃

흔들리지 않고 피는 꽃이 어디 있으랴
이 세상 그 어떤 아름다운 꽃들도
다 흔들리면서 피었나니
흔들리면서 줄기를 곧게 세웠나니
흔들리지 않고 가는 사랑이 어디 있으랴

젖지 않고 피는 꽃이 어디 있으랴
이 세상 그 어떤 빛나는 꽃들도
다 젖으며 젖으며 피었나니
바람과 비에 젖으며 꽃잎 따뜻하게 피웠나니
젖지 않고 가는 삶이 어디 있으랴

먼 길

하늘엔 별도 없고
대추나무 잎마다 달빛만 흩어지는데
끝도 없이 먼 어둠을 건너는 구름
밤을 새워 풀그늘에 벌레는 울고
이 땅의 길들도 모두 저물어
저마다 쓰러져 깊게 누운 날
걸어온 길도 걸어갈 길도
어쩌면 어쩌면 이리 아득해
몇 번이고 홀로 불을 켜고 앉아서
꺼지고 넘어지는 불씨를 안고
고요히 불러보는 그리운 이름
함께 먼 길 가자던 그리운 사람

저녁 무렵

열정이 식은 뒤에도
사랑해야 하는 날들은 있다
벅찬 감동 사라진 뒤에도
부둥켜안고 가야 할 사람이 있다

끓어오르던 체온을 식히며
고요히 눈 감기 시작하는 저녁 하늘로
쓸쓸히 날아가는 트럼펫 소리

사라진 것들은
다시 오지 않을 것이다

그러나 풀이란 풀 다 시들고
잎이란 잎 다 진 뒤에도
떠나야 할 길이 있고

이정표 잃은 뒤에도
찾아가야 할 땅이 있다
뜨겁던 날들은 다시 오지 않겠지만
거기서부터 또 시작해야 할 사랑이 있다

깊은 물

물이 깊어야 큰 배가 뜬다
얕은 물에는 술잔 하나 뜨지 못한다
이 저녁 그대 가슴엔 종이배 하나라도 뜨는가
돌아오는 길에도 시간의 물살에 쫓기는 그대는

얕은 물은 잔돌만 만나도 소란스러운데
큰 물은 깊어서 소리가 없다
그대 오늘은 또 얼마나 소리치며 흘러갔는가
굽이 많은 이 세상의 시냇가 여울을

나무

퍼붓는 빗발을 끝까지 다 맞고 난 나무들은 아름답다
밤새 제 눈물로 제 몸을 씻고
해 뜨는 쪽으로 조용히 고개를 드는 사람처럼
슬픔 속에 고요하다
바람과 눈보라를 안고 서있는 나무들은 아름답다
고통으로 제 살에 다가오는 것들을
아름답게 바꿀 줄 아는 지혜를 지녔다
잔가지만큼 넓게 넓게 뿌리를 내린 나무들은 아름답다
허욕과 먼지 많은 세상을
견결히 지키고 서있어 더욱 빛난다
무성한 이파리와 어여쁜 꽃을 가졌던
겨울나무는 아름답다
모든 것을 버리고 나도
결코 가난하지 않은 자세를 그는 안다
그런 나무들이 모여 이룬 숲은 아름답다
오랜 세월 인간들이
그런 세상을 만들지 못해 더욱 아름답다

산맥과 파도

능선이 험할수록 산은 아름답다
능선에 눈발 뿌려 얼어붙을수록
산은 더욱 꼿꼿하게 아름답다
눈보라 치는 날들을 아름다움으로 바꾸어놓은
외설악의 저 산맥 보이는가
모질고 험한 삶을 살아온 당신은
그 삶의 능선을 얼마나 아름답게
바꾸어놓았는가

험한 바위 만날수록 파도는 아름답다
세찬 바람 등 몰아칠수록
파도는 더욱 힘차게 소멸한다
보이는가 파도치는 날들을 안개꽃의
터져오르는 박수로 바꾸어놓은 겨울 동해바다
암초와 격랑이 많았던 당신의 삶을
당신은 얼마나 아름다운 파도로
바꾸어놓았는가

2004.

상선암에서

차가운 하늘을 한없이 날아와
결국은 바위 위에 떨어진 씨앗의 마음은 어떠하였을까
흙 한 톨 없고 물 한 방울 없는 곳에
생명의 실핏줄을 뻗어 내릴 때의 그 아득함처럼
우리도 끝없이 아득하기만 하던 날들이 있었다
그러나 바위 틈새로 줄기를 올리고 가지를 뻗어 세운
나무들의 모습을 보라

벼랑 끝에서도 희망은 있는 것이다

어떤 경우에라도 희망은 있는 것이다
불빛은 아득하고
하늘과 땅이 뒤엉킨 채 어둠에 덮여
우리 서있는 곳에서 불빛까지의 거리 막막하기만 하여도
어둠보다 더 고통스러이 눈을 뜨고
어둠보다 더 깊은 걸음으로 가는 동안
길은 어디에라도 있는 것이다

가장 험한 곳에 목숨을 던져서
가장 아름답게 빛나는 것이 있는 것이다

벗 하나 있었으면

마음이 울적할 때
저녁 강물 같은 벗 하나 있었으면
날이 저무는데 마음 산그리메처럼 어두워올 때
내 그림자를 안고 조용히 흐르는 강물 같은 친구 하나 있었으면

울리지 않는 악기처럼 마음이 비어있을 때
낮은 소리로 내게 오는 벗 하나 있었으면
그와 함께 노래가 되어 들에 가득 번지는 벗 하나 있었으면

오늘도 어제처럼 고개를 다 못 넘고 지쳐있는데
달빛으로 다가와 등을 쓰다듬어주는 벗 하나 있었으면
그와 함께라면 칠흑 속에서도 다시 먼 길 갈 수 있는 벗 하나
있었으면

풀잎이 그대에게

벗이여 당당하게 쓰러져주셔요
온몸을 던져 싸우고
깨끗하게 쓰러져주셔요
오직 이기려고만 하지 말고
지기 위해서도 싸우셔요
비겁한 승리보다도 떳떳한 쓰러짐이 빛나요
그러나 벗이여 깨끗치 못하게 지진 마셔요
아직 남은 목숨 남은 끈기 있는데도 지지 마시고
더더욱 비굴하게는 지지 마셔요
그대의 당당한 쓰러짐만이
그대와 우리를 일으켜 세울 새 힘이 되는 거예요
벗이여 온몸으로 쓰러져주셔요

쇠비름

뿌리째 뽑아내어 열흘 밤 열흘 낮 말려봐라
수액 한 방울 안 남도록 두었다
뿌리 흙 탁탁 털어 가축떼에게 먹여봐라
씹히고 씹히어 어둡고 긴 창자에 갇히었다
검게 썩은 똥으로만 나와봐라
서녘 하늘 비구름 육칠월 밤 달무리로
장맛비 낮은 하늘에 불러올 때
팥밭의 거름 속에 숨어 빗줄기 붙들고
핏발 같은 줄기들 다시 흙 위에 꺼내리니
연보라 팥꽃 새에 이놈의 쇠비름
이 질긴 놈의 쇠비름 소리 또 듣게 되리라
머리채를 잡힌 채 아아, 이렇게 끌리어가도

우기

새 한 마리 젖으며 먼 길을 간다
하늘에서 땅 끝까지 적시며 비는 내리고
소리 내어 울진 않았으나
우리도 많은 날 피할 길 없는 빗줄기에 젖으며
남모르는 험한 길을 많이도 지나왔다
하늘은 언제든 비가 되어 적실 듯 무거웠고
세상은 우리를 버려둔 채 낮밤 없이 흘러갔다
살다 보면 매지구름 걷히고 하늘 개는 날 있으리라
그런 날 늘 크게 믿으며 여기까지 왔다
새 한 마리 비를 뚫고 말없이 하늘 간다

강

가장 낮은 곳을 택하여 우리는 간다
가장 더러운 것들을 싸안고 우리는 간다
너희는 우리를 천하다 하겠느냐
너희는 우리를 더럽다 하겠느냐
우리가 지나간 어느 기슭에 몰래 손을 씻는 사람들아
언제나 당신들보다 낮은 곳을 택하여 우리는 흐른다

송필용

전남 고흥에서 태어나 전남대학교와 홍익대학교 대학원에서 서양화를 전공했다. 서울 학고재갤러리, 이화익갤러리, 금호미술관 등에서 17회에 걸쳐 개인전을 열었으며 〈한국국제아트페어〉, 〈진경-그 새로운 제안(국립현대미술관)〉, 〈몽유금강(일민미술관)〉 등 국내외 기획초대전에 참가했다. 국립현대미술관, 서울시립미술관, 경기도미술관, 전북도립미술관, 광주시립미술관, 일민미술관, 금호미술관, 청와대, 미술은행 등에 작품이 소장되어 있다.

단풍 드는 날

소나무는 언제나 곧다-적송
일출 1996
acrylic on canvas
162×130.3cm

가을 저녁

하얀 달빛 2010
oil on canvas
53×72.7cm

바람이 오면

청음 2006
oil on canvas
35×70cm

꽃잎

꽃잎 2006
oil on canvas
65.2×91cm

여백

금강옥류 2003
oil on canvas
130.3×227.3cm

처음 가는 길

청음 2002
oil on canvas
65.2×100cm

희망의 바깥은 없다

호박꽃 1993
oil on canvas
53×65.2cm

홍매화

홍매 2007
oil on canvas
53×72.7cm

저무는 꽃잎

나팔꽃 1995
oil on canvas
80.3×53cm

깊은 가을

식영정 노송 1996
oil on canvas
130.3×97cm

시래기

대나무 2009
acrylic on canvas
24.2×33.3cm

초겨울

설송도 2006
oil on canvas
65.2×91cm

산벚나무

청음 2006
oil on canvas
80.3×116.7cm

산경

흐르는 물처럼 2007
oil on canvas
24.2×33.3cm

폐허 이후

청매 2007
oil on canvas
53×72.7cm

가지 않을 수 없던 길

황톳길 1993
oil on canvas
65.2×53cm

그리운 강

흐르는 물처럼 2001
oil on canvas
80.3×116.7cm

낙화

청음 2005

oil on canvas

65.2×91cm

개울

흐르는 물처럼 2006

oil on canvas

35×70cm

사랑하는 사람이 미워지는 밤에는

흐르는 물처럼 2006

oil on canvas

65×162cm

쓸쓸한 세상

몽유금강 2010

oil on canvas

97×162cm

섬

흐르는 물처럼 2006

oil on canvas

65×162cm

꽃다지

생명의 순환 2006

oil on canvas

65.2×91cm

내가 사랑하는 당신은

흐르는 물처럼 2007
oil on canvas
35×70cm

초저녁

달빛 2011
oil on canvas
80.3×116.7cm

혼자 사랑

보름달과 반딧불이 2007
oil on canvas
60.6×72.7cm

눈 내리는 벌판에서

겨울강 2007
oil on canvas
65×162cm

산 너머에서

청음 2003
oil on canvas
130.3×97cm

오월 편지

찔레꽃 1993
oil on canvas
89.4×130.3cm

나리소

흐르는 물처럼-달빛 2007
oil on canvas
65×162cm

꽃씨를 거두며

수세미 2006
oil on canvas
41×53cm

쑥국새

달빛 폭포 2008
oil on canvas
116.7×55cm

이 세상에는

청음 2013
oil on canvas
112×194cm

그대 잘 가라

흐르는 물처럼 2012
oil on canvas
112×194cm

꽃잎 인연

물도 꿈을 꾼다 2008
oil on canvas
97×194cm

어떤 마을

관폭도 2003
oil on canvas
130.3×210cm

목련나무

새벽 목련 2006
oil on canvas
41×53cm

봄의 줄탁

수류화개 2012
oil on canvas
194×112cm

세우, 눈물

청음 2006
oil on canvas
35×70cm

돌아가는 꽃

명옥헌 100일 1998
oil on canvas
72.7×60.6cm

흔들리며 피는 꽃

채송화 1993
oil on canvas
45.5×53cm

먼 길

흐르는 물처럼-청음 2006
oil on canvas
80.3×116.7cm

저녁 무렵

물안개와 홍매 2006
oil on canvas
53×72.7cm

깊은 물

흐르는 물처럼 2012
oil on canvas
162×112cm

나무

소나무는 언제나 곧다 1996
oil on canvas
120×60cm

산맥과 파도

몽유금강 2007
oil on canvas
112×194cm

상선암에서

입석대 2001
oil on canvas
72.7×53cm

벗 하나 있었으면

춘정 2011
oil on canvas
145.5×97cm

풀잎이 그대에게

수류화개 2012
oil on canvas
210×130cm

강

폭포는 언제나 곧다 2006
oil on canvas
162×65cm

표지화

꽃잎

꽃잎 2006
oil on canvas
65.2×91cm

흔들리지 않고 피는 꽃이 어디 있으랴

1판 1쇄 발행 2007년 8월 23일
1판 28쇄 발행 2014년 1월 13일
2판 1쇄 발행 2014년 6월 23일
2판 7쇄 발행 2014년 10월 1일

시 도종환
그림 송필용

발행인 양원석
편집장 송명주
책임편집 권은정
교정교열 이상실
해외저작권 황지현, 지소연
제작 문태일, 김수진
영업마케팅 김경만, 정재만, 곽희은, 임충진, 장현기, 김민수, 임우열
윤기봉, 송기현, 우지연, 정미진, 윤선미, 이선미, 최경민

펴낸 곳 ㈜알에이치코리아
주소 서울시 금천구 가산디지털2로 53, 20층(가산동, 한라시그마밸리)
편집문의 02-6443-8854 구입문의 02-6443-8838
홈페이지 http://rhk.co.kr
등록 2004년 1월 15일 제2-3726호

ISBN 978-89-255-5277-4 (03810)